시간을 정산하다

경북여고, 대구교육대학 졸업
대구대학교 대학원 문학석사(심리학과)
전 초·중등학교 교사
2019년 전국시조백일장 장원
2020년 《좋은시조》 신인상 등단
2023년 부산문화재단 우수예술지원 사업에 선정
한국시조시인협회, 부산문인협회, 부산시조시인협회, 부산여류시조문
학회 회원
kjlsi@hanmail.net

시간을 정산하다

—

초판 1쇄 2023년 9월 20일
지은이 최은지
펴낸이 김영재
펴낸곳 책만드는집

—

주소 서울 마포구 양화로3길 99, 4층 (04022)
전화 3142-1585·6
팩스 336-8908
전자우편 chaekjip@naver.com
출판등록 1994년 1월 13일 제10-927호
ⓒ 최은지, 2023

—

* 이 책의 판권은 저작권자와 책만드는집에 있습니다.
  이 책 내용의 전부 또는 일부를 재사용하려면 양측의 동의를 받아야 합니다.
* 본 도서는 2023년 부산광역시, 부산문화재단 〈부산문화예술지원사업〉으로
지원을 받았습니다.

부산광역시 BUSAN METROPOLITAN CITY 부산문화재단 BUSAN CULTURAL FOUNDATION

—

ISBN 978-89-7944-845-0 (04810)
ISBN 978-89-7944-354-7 (세트)

책 만 드 는 집　시 인 선 2 2 5

시간을 정산하다

최은지　시조집

책만드는집

떨려라
떨리는 가슴
밀려드는
초록물

붙들다
붙들어 보다
고이 접어 보낸다

2023년 가을
최은지

| 차례 |

1부

2부

3부

4부

5부

1부

어떤 도전

코로나에 휘둘리다 가다 말다 대학 4년
뉴스로 본 취준생 어느새 나도 뎄다
이력을 만드느라고 눈발 손발 붉었다

어쩌다 희망퇴직 공공근로 하다 말다
낡은 양복 깃 세우고 딸딸 긁어 보낸 이력
폰 소리 귀가 닳도록 헛소리가 빙빙 돈다

깜도 안 된 시詩를 안고 어디든 두드린다
달빛 당겨 먹을 갈고 이생 전생 겨뤄봐도
희망은 기다릴 곳 있을 때 청매화가 피더라

어디로 가야 하나

늦게 물든 단풍잎이 길을 잃고 울먹인다

정비구역 지정되자 축! 현수막 펄럭이고

어디로 가야만 하나 길냥이도 목이 쉰다

무거운 충당금은 어깨를 짓누르고

은행잎 휘날리는 현수막을 걷어찬다

새 집은 높디높아서 젖힌 목이 굳는다

14

라면을 끓이며

멍 때려도 좋다면서
좌락좌락 비가 온다

적막을 팔팔 끓여
꼬들꼬들 허기진 맛

눈물 비 삭여낸 빈속
꼬인 맘도 풀린다

바람 든 여자

된바람 마주하다 지난한 밤을 샌 무

지쳐 누운 등허리도 퍼석한 껍데기뿐

썰어서 오가리 널면 밑반찬 기대할까

불 꺼진 등을 갈고 물 새는 변기를 고친다

골밀도 낮은 뼛속 빠져나간 사랑 채워

바람아 다시 불어라 나풀나풀 치마 입고

보리밥

날아온 옥빛 물결 가파도를 굴린다
청보리 쓰다듬는 벚꽃 잎 나풀대고
도시락 낯 붉히던 꽁보리 여기까지 따라왔다

고창에서 청산도로 숨 차는 보릿고개
술 넣은 보리떡이 묵은 체증 훑어 내려
어머니 잃으신 입맛 다시 찾아 출렁인다

꽉 여문 낱알들이 전설처럼 떠나가고
초록빛 옅어지며 적막으로 입 마를 때
보리쌀 치대는 소리 내 입맛도 열린다

여름, 꿈

토란잎에 쓴 편지 여우비에 지워질까

둘둘 말아 감춰 안고 소낙비를 맞는다

우체통 찾아 헤매다 여기 섰네, 예순둘

제주 동백

안개비 뿌리는 날 동백꽃이 날 부른다

기다림에 몸 졌는지 붉은 눈물 말라가고

오늘은 왜 혼자냐고 슬며시 손잡는다

나뭇잎에 숨었다가 후드득 떨어진 비

파도는 그날을 소리쳐 울어대고

구름과 숨바꼭질하는 한라산만 태평이다

종이접기

각 세운 색종이가
무지갯빛 감고 돈다

마음 접고
기대 접고
그리움도 접어본다

오늘은
봄비가 내려
아롱아롱 꽃 핀다

도야리*

눈부신 햇살 아래 빨래 말린 바람 소리

구름인가 하여 보니 손짓하는 비행기다

온 동네 휘감아 도는 아카시아 꽃향기

삼신당 느티나무 소원지가 무겁다

폐교된 학교터에 아이 소리 들리는 듯

담 너머 들여다보는 접시꽃이 웃는다

* 창녕군 창녕읍에 있는 마을.

매화 소리

산그늘이 내려온
격자 창문 밀쳐보면

'이제 오나, 밥 먹어라'
눅진 소리 들릴 듯한데

매화는 노을을 베고
향기만 풀고 있다

긴 시간 마음 졸여
햇살을 모으느라

잊힌 얼굴들로
가슴은 먹빛인데

보름달 연분홍 꽃잎
손 내밀며 웃는다

공단 길

매물 될 공장터에 울부짖는 현수막
젊음을 잃어버려 숨죽이는 공단 길
태풍에 떨어진 꽃잎 골목마다 서성인다

오른 시급 비웃듯 삶은 더욱 팍팍하고
낙동강은 모르는 척 너울너울 춤만 춘다
흩어진 가족들 얼굴 까똑까똑 울고 있다

사람 소리에 놀랐네

연둣빛 출렁이는 산책길 등 뒤에서

'개나리 예쁘지요?' 흠칫 놀라 물러서다

샛노란 개나리꽃에 낯선 얼굴 친한 듯

코로나가 붙이고 간 씁쓸한 몸짓이다

목련꽃도 못 견디고 그냥 내려앉는다

봄 소리 따습게 들려 묻혀 가면 좋을 소리

파도

낮에 뜬 하얀 반달 푸른 바다 섬이 되다
파도가 쳐낸 상처 바람마저 휘몰고
가슴에 붉게 멍든 기억 동백꽃 눈물이네

뱃고동 소리에도 잠 못 이룬 어릴 적
가슴 뛴 육지 소식 맨발로 맞았는데
머릿속 자라는 지우개 닳지도 않는다

바다만 바라보던 웃음마저 지우고
단절된 섬마을에 파도만 가득하다
귀먹은 우리 엄마는 외딴섬이 되어 있고

자화상

프사로 올린 사진 단풍 속에 익어간다

웃고 있는 얼굴에 근심 꽃이 주렁주렁

뽀샤시 넣어보아도 속 구름은 더 짙네

산다는 건 자기 얼굴 자화상을 만드는 것

하루의 습관들이 내 얼굴을 빚고 있어

새벽녘 거울 앞에서 배시시 웃어본다

2부

화장지

화장만 지웠더냐 입도 닦고 뒤도 닦다

비 오고 바람 불면 풀려버린 심장 안고

어느새 예순아홉을 어쭙잖게 맞는다

우아한 식탁에서 냅킨으로 앉을 때도

영원을 그린 꿈은 순간으로 끝나고

적막을 밀쳐내면서 닦아보는 분 냄새

무인도

1
휑하니 불어대는 모래바람 그 언덕은

달랑, 신랑 하나 외딴섬 신접살이

골목길 목을 빼고서 그리움에 짓무른 눈

2
손님을 기다리다 전화기를 돌려대다

제자리 폴폴 뛰며 위로하는 몸의 말

문득 나, 고립되었다 가겟세는 더 오르고

3
이 방 저 방 벽에 붙인 사진만 웃고 있다

친구도 먼 길 가고 짝지도 가버리고

어쩌나, 봇물 터진 듯 끝이 없는 혼잣말

사람이 맛이라고

백장 불빛 구공탄 동네가 따뜻했다

겨울 준비 분분한데 김장 배추 꼴랑 세 포기

손맛이 빈방에 맴돌다 바람 따라 떠났네

이모 집 밀떡 맛을 찾아 나선 서녘 바람

빈 마당 갈잎 소리 낮달만 들락대고

갈바람 날리고 간다 사람이 맛이라고

시월

건널목 신호등을 같이 따라 못 건너고

낯선 사람 틈새에서 허리 꼿꼿 세워본다

추운 밤 견디기 위해 햇살들을 모은다

콕 집은 경력들을 또박 박은 이력서

윤나는 새 구두로 힘 잔뜩 땅을 찬다

상달아, 기울기 전에 이름표를 달아다오

시간을 정산하다

장미 꽃잎 나풀거려 담장을 물들일 때
위층 아이 뛰는 소리 까무룩 꿈을 깨네
속 거울 닦고 닦으면 겉 거울도 빛나리

너울 파도 넘어오다 눈도 가고 소리도 잃어
서서히 죽어가는 세포의 조각들이
시간을 정산하려고 응급실을 찾는다

왜에엥 긴박함에 발 동동 구르다가
귀 열고 눈 높이 떠 하늘 속에 잠겨보면
한낮의 '찰나' 소리가 이승을 달려온다

그 바람을 당기다

지난밤 태풍 불어 뿌리 이고 누운 버들

아들을 낳겠다고 전국을 돌던 바람

휘날린 모래바람에 묻혀버린 그 아픔

봄바람 살랑대어 꽃향기 너울대네

마흔이 넘어가도 혼인길 너무 멀어

바람기 끌어당겨서 붙여보는 꽃바람

봄이 날다

궁굴리는 쑥떡 따라 춤추는 고물 냄새

새 운동화 얻은 발도 천사처럼 날고 있네

해쑥을 찧고 있는 엄마 손 봄을 밀어 올린다

접시꽃

동구 밖 길목에서 엄마가 웃고 있다

지난밤 비바람에 휘인 등을 구부린 채

아들딸 기다리느라 별 뜬 줄도 모른다

온종일 홀로 서서 접시에 눈물 담아

너울너울 춤도 추며 고개 밀고 내다봐도

수굿이 내려다보던 그믐달도 비껴간다

목련

일제히 세운 부리
하늘만 바라본다

벙그는 날갯짓에
햇살이 걸터앉네

눈부신 흰 면사포가
푸른 꿈을 부른다

발자국을 다지며

기다리는 사람도 오라는 사람도

안갯속 배롱꽃 길 불러봐도 없는데

가다가 멈추는 곳에 그리운 이 있을까

사막 속 너덜거린 치맛자락 당겨 매고

해거름 몰려오면 엄마 밥 그리운데

저승길 가까워오니 다져보는 발자국

게발선인장의 봄

태풍 몰아치는
바람 속에 서 있었다

구름이 잡아끄는
마차 속 그대 있을까

봉오리 발끝에 달고
봄을 슢아 보낸다

홀치기*

언제나 맴을 도는 꿈에 가는 그 동네
논두렁에 설쳐대던 미꾸라지 이민 갔나
먹 감던 물웅덩이도 흔적 없이 사라졌다

덜 익은 포도알이 꿈 익히던 우물가
원두막 참외꽃은 단맛으로 멋을 낸다
왁자한 아이들 소리 사랑방이 붕 뜨네

어스름 호롱불이 심지까지 타오른다
홀치기 한 땀 한 땀 학자금이 쌓이는데
굽어진 어머니 등은 구멍 숭숭 푸석하다

* 염색하기 전 천을 실로 홀쳐 묶어서 그 부분은 물이 들지 않도록
하여 염색하는 방법.

십일월, 에움길

발 닿는 그 순간들
폭포수 아득하다

품어온 이정표도
비바람에 삭는다

흐릿한 눈을 부릅떠
다시 놓는 나침반

월성에 와서

그대 모습 보일 듯 그대 음성 들릴 듯

천년을 기다린 돌 달빛에 닳아 눕고

연잎은 빗물 소리에 참았던 눈물 솟는다

또 천년 흘러가서 반월성 별 만나면

눌러둔 슬픔이 연꽃잎을 품는다

그대 손 놓지 않으리 천만년을 기다려도

3부

보자기

장롱 속 고이 접힌 올 풀린 나일론 보

긴히 쓰일 기다림이 잊혀 서운한데

고목 된 맏며느리는 긴 역사를 싸다 풀다

어물전 좌판대는 갈수록 줄어들고

세네갈 침조기는 돌아갈 길 막막한데

제사상 차반 보따리 들려줄 이 하나 없네

눌러둔 기억 저편 쓰린 속 포개 덮고

묵은내 툴툴 털어 싸매보는 동녘 바람

오색 빛 찬란한 천에 꽃 시집詩集을 놓는다

말

봇물 터진 뜀박질의 고삐를 놓치고서

아차 하는 순간에도 떠난 말은 널을 뛴다

한 발짝 물러서 보면 울고 있는 그대 얼굴

우리 밖 뒤엉킨 말 갈기 세워 날뛴다

반질반질 멋진 몸매 감춘 상처 덧이 나네

말꼬리 흔들어대다가 가시 걸린 말풍선

마른 냇물

이 골 저 골 물소리에

낭랑한 종소리도

아이 소리 다 마르니

냇물도 말라버려

폐교된 운동장 안에

보름달만 덩그렇다

로즈데이*

멀리서 노랑 장미
카톡으로 날아왔다

반가워 예쁘다고
폴폴 뛰며 좋아하니

담 너머 빨강 장미가
서운한 듯 눈 붉힌다

가시가 아프다고
투정 한번 못 해본 날

오뉴월 뙤약볕에
향수 흠뻑 뿌리고

외로움 짙게 드리운
나비 하나 날아간다

* 5월 14일 연인들끼리 장미를 주고받는 날.

제비 둥지

큰 소쿠리 덮어쓰고 아는 이 볼까 숨어
잘 여문 참박으로 승부를 걸어본다
그을린 주름 사이에 퇴적되는 긴 한숨

자식들 배불리려 서리 맞은 새벽잠
단속반 호루라기 놀란 가슴 펄떡이다
야윈 몸 바스러져 가도 한 끼 입이 무섭다

제비가 옹기종기 지지배배 우는 아침
'우애 있게 지내거라' 겨우 남긴 한 말씀
소임을 다하느라고 한 생애가 끝난다

북소리 다림질

종일 쳐온 바디 북에
손과 발이 피멍인데

비단 천은 간곳없고
낡은 깃발 비를 맞네

북소리 다림질하면
눈부신 옷이 될까

철 이른 치자꽃이
위로하는 흰 새벽

신문고 찾아다닌
푸른 잎이 띄운 전보

꽃무늬 피어오르게
소고춤을 출거나

오래된 집

숭숭 뚫린 구멍 속에 찬 바람 들이친다

고장 난 알림판은 다발로 알려온다

무엇에 쏟아붓느라 뼛속 진기 다 말랐나

통깁스 몇 년 사이 여기저기 감고 풀고

외양은 말짱한데 속은 폭삭 내려앉아

비바람 들이치는 곳 홀로 서서 삭고 있다

방 구합니다

쉰내도 뭉근하던 오글오글 웃는 얼굴
큰 방을 구했다며 오촌 아재 뻐기던
냉이죽 감자 한 알에 의젓하던 아이들

다섯 아이 셋이라고 속일 애도 없건만
엉거주춤 승차된 전세난민 청춘들이
한 평 반 대각선으로 웅크린 채 해가 뜬다

유혹해도 좋아

봄가을 짧아지니

밤낮도 짧아지네

붉게 물든 단풍들이

유혹해도 나는 좋아

어느새 밀려가는 가을

꼭꼭 쟁여 담는다

사진

수줍은 미소 띠고 꽃에 잠긴 소녀 둘
낡은 벽장 앨범 속 흰 교복이 눈부시다
따사한 햇살 사이로 밀려오는 치자 향

온 가슴 적시는 생애가 살아난다
요양원 나가면 예쁜 구두 사볼까
저승길 프로필 얼굴도 환하게 웃는다

벚꽃 와불

강풍 몰아쳐서 하늘 차며 대항해도

꽃잎은 갈 곳 몰라 천지를 방황한다

봄 햇살 기대해 보며 다독이는 이력서

고개는 더욱 숙여 땅속을 파고든다

'푸른 하늘 바라보자' 다짐하다 몸은 굽고

기다린 단비 실실 오니 묵언 중인 와불이다

밀물

연둣빛 어린 손짓 푸른 하늘 눈부시다

무풍舞風에 봄꽃들도 방랑벽放浪癖을 앓는다

초록물 밀려오는데 온 가슴만 부풀린

선풍기

눅눅한 장맛비에 장딴지도 천근만근

힘없이 움직이는 그 모습 날 닮았네

벼룻길 묵묵히 걸어온 발자국이 떨린다

아슴아슴 돌아보고 용써서 달리더니

밤사이 숨을 거둔 네 날개가 아리다

따뜻한 입맞춤이라도 해줄걸, 고맙다

키를 잃다

베토벤 '운명'이 하루를 두드린다
홍수 밀려 터진 둑은 달팽이관 키를 잃고
갑자기 사라진 소리 길 위에서 머문다

먼 길을 돌고 돌다 묵묵히 받아 든 저녁
아는 체 모르는 체 눈짓으로 끄덕이다
속엣말 두둥실 떠올라 방향타를 잡는다

4부

포크와 젓가락
– 결혼

쉽다고 편리해서 편하다고 다 되는 줄

콕콕 찍어 들이대다 코를 싸고 엎드린다

참조기 부스러지니 허둥대는 그 꼴이란

불편해도 의지해서 서로 맞댄 고난 시간

탁탁 차고 발맞추면 잔가시도 골라낸다

겁 없이 가는 먼 길에 웃음꽃도 줍는다

층간 소음

천둥 번개 치다가 매미 맴맴 울다가

하늘땅이 돌더니 천지 사방 조용하다

오호라, 메니에르*에 부처 할매 되었다

* 귀 먹먹함, 이명, 난청, 심한 어지럼증이 동반된 증세를 보이는 병명.

분리수거

아끼다 바랜 옷들 살길 찾아 나선다
손때 묻고 추억 서린 가구들도 나서는데
벽장 속 긴 시간들은 나갈 생각 하나 없다

버리면 가벼워질 천만근의 심장 옹이
언제나 불꽃 튀다 얼음 되어 떨린다
한 움큼 훑어낸 마음 제 길 찾아 보낸다

막은 내리고

가속도가 붙어서

오늘이 내려앉네

주연인가 싶었는데

어느새 조연이다

커튼콜 기다리는데

옅어지는 박수 소리

문탠로드*를 걷다

바다에 잠긴 하늘 제 갈 길을 모르고
갈매기 먹이 찾아 아이 곁에 맴돈다
벚꽃 길 이른 봉오리 햇살만 찾고 있다

나뭇가지 구석구석 내려온 푸른 달빛
초봄의 밤기운을 데워보려 애쓰는데
숲 사이 끝 모를 오솔길 파도 소리 비어 있다

달맞이 고갯길에 임대 상가 늘어나고
단골집 펄럭이는 쪽지 한 장 '내부 수리 중'
상인들 한숨 소리가 보름달이 되었다

* 해운대달맞이길과 해변 사이에 있는 숲길.

입맛 돌다
– 서운암

온종일 서늘한 맘 달 항아리 굴리다가

옳다고 지키던 건 굼뜬 하루 되고

현기증 들 새도 없이 변해버린 삶의 터전

숨은 들꽃 불러보며 장독대에 나도 숨고

모래바람 일던 속도 약된장에 입맛 돌아

서운암 들어섰더니 촉촉해진 쪽빛이다

달력을 찢으며

찬 이슬 맞으면서
쫓기던 하루의 꿈

날파람에 밀리어서
바삐 흐른 강물이

찢어진 상처를 어르며
둥근 해를 그린다

헛빵

썰물에 실린 빈방 찬 바람만 들이친다

햇살 한 줌 집어 드니 먼지 산이 앉았다

철없는 로봇청소기만 졸졸 따라다닌다

기약 없는 기다림은 허방 짚고 사는 거다

빗소리 끌어당겨 난蘭꽃이 피고 있다

공갈빵 헛빵이라도 단맛 하나 줍는다

십이월 접다

착잡한 마음속에
옛집이 들앉는다

펄럭인 문풍지에
아랫목이 녹인 발들

붙들다 붙들어 보다
고이 접어 보낸다

개구리 문방구

개구리 문방구가 쭈그려 작아졌다

비좁은 운동장에 자동차만 으스대고

달고나 침 바르던 곳 괭이밥이 살고 있네

삼시 세끼 두레 밥상 지겹던 잔소리도

그리움이 될 줄이야 그 끝 날이 올 줄이야

빈 골목 나를 기억하네 눈물바람 안기네

갓바위 진달래

꽃샘바람 시린 새벽 확! 붙은 꽃불이다

구름도 머뭇거린 붉게 우는 엄마 비손

꽃물 든 너른 치마폭 붉은 해를 받는다

모시옷 나들이

살랑이는 바람 몰아
오뉴월 더위 날린

옷장 속 곤히 잠든
모시 치마 난다

그날을 찾아 나선다
고개 빳빳 세우고

굼뜬 몸 뒹굴대다
쨍하고 빛난 소리

아버지 깨우쳐 주신
'신언서판身言書判' 들려온다

다소곳 되돌아보네
돌아갈 곳 있는지

가뭄비

눈곱 먼지 풀잎 범벅

하늘 보며 춤을 춘다

뒹굴던 장우산도

으스대는 출근길

좌르륵 빗소리 들려

내 마음에 싹이 핀다

꽃편지 떠나다

찢으며 지워가며 흔적을 뒤적인다

해 질 녘 돌아보는 숨 가빴던 푸르던 날

우체통 길모퉁이에서 돌아오는 바람 소리

온 마음 쏟아부어 주고받던 심장 박동

천 리 길 날아오던 그 소식도 밍밍하다

요란한 카톡 소리에 울며 떠난 꽃편지

5부

괭이밥이 사는 법

지하철역 블록 틈새 숨 가쁘게 터를 잡고

셋방살이 끝냈다며 웃는 얼굴 당당하다

출근길 바둥대다가 각 선 치마 살짝 편다

밟힐까 두렵던 맘 햇살에 다 맡기고

그렁저렁 는 식구들 옹기종기 새첩다

긴 겨울 버텨온 사랑 힘찬 봄을 부른다

기지떡

봉화가 달려온다 상운*도 울며 온다
아카시아잎을 세며 꽃향기 넘실대던
자취방 흔적 자리에 들찔레만 놀고 있다

술 냄새 시큼 달달 폭신한 쫄깃거림
새벽녘 생일상에 부푼 꿈 쌓아놓고
별미라 불러 모으네 매미 소리 드높다

긴 시간 숙성되어 부드러운 몸짓이다
발효된 깊은 정이 무르익는 보름달
냇물이 마르는 소리, 학교 종소리 들린다

* 봉화군 상운면 운계리에 있던 중학교. 2017년 폐교됨.

너와 나 사이

찬 바람에 등이 밀려 비틀리는 걸음 잡고
움츠린 몸과 맘이 라면을 끓인다
온종일 기다리다가 목메이는 안부 말

혼밥이 싫어서 국숫집을 기웃대다
구름도 새 떼들도 밥 먹으러 가버리고
길냥이 너와 나 사이 눈인사만 껌뻑인

풀꽃 같은 여인

왁자하던 식구들은 콩알처럼 흩어지고

내 동무* 불러대는 홀로 남은 울 엄마

쌀국수 불어터진 채 식탁은 우는데

딩크족 부르짖는 다음 세대 우짜노

혼자서 아려하는 오지랖 떠는 여인아

여리디 여리다 못해 제풀에 꺾여 눕네

* 현제명의 〈고향 생각〉에 나오는 가사.

북엇국

기름 둘러 달달 볶아 북엇국을 끓인다
아침밥 무라고 덜덜 볶던 그 소리
시원한 국물 맛으로 막힌 하루 풀린다

혼밥에 익숙해져 굼뜬 아침나절
밥이 그리 중요한 줄 왜 이제야 알게 될까
밥 무라, 어머니 가신 이후 들어보지 못했네

배웅

골목길 막다른 집 달랑이는 근조 등불
별 하나 떠나간다 화환들의 배웅 속에
LED 불빛 속으로 상주 이름 흐른다

낙엽이 떨어질 때 눈물짓던 나뭇가지
어느새 새순 나와 웃음소리 요란하고
오월의 보랏빛 등꽃 하늘에서 춤춘다

누구나 등불 되어 오롯이 살던 시간
저승길 가는 길에 꽃등으로 밝혀준다
꽃향기 가득 채운 날 남기고 간 등불 하나

기다림이 있다는 건

동녘 해가 떠오르듯

가슴이 벙그는 것

숨겨둔 비밀 문을

혼자 살짝 밀쳐보는 것

조바심 고이 누른다

목련 환한 아침에

백합

해맑은 흰 웃음에 우아한 초록 맵시

긴 시간 여윈 몸에 누룩꽃 핀 뜬 얼굴로

양지쪽 언덕배기에 근심 널어 말린다

밀물로 들이닥친 긴 터널 속 나팔 분다

노을 진 골목 어귀 향기는 깊어가고

새 꿈이 여물고 있다 속 뿌리가 올곧다

달팽이관

휘청거린 저기압에 내리치는 빗소리

길 잃은 매미 울음 세상 소리 막고 있다

백기 든 달팽이관에 부릅뜨다, 왕눈 둘

이별은 어렵다

사람 앞에 우쭐댈 날 기다리다 색이 바래
늘 혼자 뽐내다가 잊힐까 두려운데
벼르고 또 벼르다가 아끼던 옷 풀이 죽네

월남치마 꽃무늬가 옛사랑을 불러온다
젖내 나는 홈드레스 이야기 풀고 풀어
원피스 살짝 나서며 스민 눈물 뿌린다

하늘하늘 치마 입고 살랑살랑 스텝 밟다
낙엽이 떨어지듯 아깝다를 떨쳐내고
내일을 언약해 본다 속울음을 닦는다

바람 타다

연둣빛 두런대다

터져버린 함성에

떨려라 떨리는 가슴

밀려드는 초록물

풀씨도 바람이 들어

팔랑대는 치마폭

낡은 휴대폰

간당간당 이어지는 들숨 날숨 쉰 소리에

가슴 쿵 내려앉아 숨죽인 푸른 별들

왜에엥 구급차 소리 귓속에서 구른다

깜빡깜빡 인지장애 니나 내나 어찌할꼬

그리운 이 통화 중에 툭 끊긴 너의 소리

연먹빛 하늘의 운은 뱅글뱅글 돌고 있다

동백 지다

은빛 눈부시게
빗금 치며 내리는 눈

울먹이던 그대 얼굴
눈발 속에 웃고 있네

못다 쓴 붉은 편지는
하얗게 묻어둔 채

자리를 털어내다

서랍 속 깊이 잠든 편지 뭉치 꺼내 든다

저민 마음 토해내던 일기도 내어준다

절절한 사랑 편지를 커터기가 읽는데

말없이 제 길 가는 단풍잎 고운 날에

유리창 볼 부비는 가을비가 손짓하네

가볍게 떠날 수 있으리 이별 연습 없이도

상실의 정서적 파동, 혹은 소멸이 남긴 것들

황치복 문학평론가

1. 부서지고 퇴락하는 것들을 향한 공감의 언어

오랫동안 인간의 마음에 정동의 파동을 형성하는 가장 주된 요소 중의 하나가 시간일 것이다. 시간은 언제나 새로운 경험을 향해 개방되어 있으며, 무한한 생성의 근원적 질료이기도 하지만, 또한 시시각각 모든 존재자들을 낡고 퇴락하게 한다는 점에서 파괴적인 힘이기도 하다. 그래서 한 문학이론가는 서정시의 본질을 회감回感, Erinnerung이라고 하면서 지나간 시간에 대한 돌이킴이 정서적 파동의 형성에 중요한 역할을 한다고 강조한 바 있다. 최은지 시인의 첫 시조집은 이러한 서정시의 문법과

원리를 가장 충실하게 반영하고 있다는 점에서 서정시의 본령을 향해 가고 있다고 평가할 수 있다.

2019년 전국시조백일장에서 장원에 당선되고, 2020년 《좋은시조》의 신인상을 수상하며 문단에 등장한 최은지 시인은 첫 시조집에서 시간의 파괴적인 작용에 의해서 부서지고 파괴되며, 흩어지고 소멸해 가는 다양한 삼라만상에 주목하고, 그것이 야기하는 정서적 파동을 섬세한 언어를 통해 포착한다. 시간의 파동 속에는 다양한 사물과 사건들, 그리고 중요한 인물들과 기억들이 명멸하는데, 그처럼 시간의 자장 안에 함몰되어 있다가 사라져 버리는 것들은 시인의 삶의 토대를 형성하고 있다는 점에서 소중한 것들이 아닐 수 없다. 그러한 것들이 소멸하고 사라지는 것이니, 그것들이 남긴 부재와 결핍은 시인의 시심을 자극하고 정동의 분출을 야기할 수밖에 없다.

그리하여 최은지 시인의 시집은 부재와 결핍의 풍요로움으로 가득 차게 되는데, 그러한 역설적 공간은 수많은 잔상의 파동과 뒤섞인 정동의 울림으로 메아리치게 된다. 사실 물리적인 시간은 육체를 시들게 하고, 관계에 이별을 강요하기도 하며, 기억을 마모시키기도 하지만, 사라진 것들은 부재와 결핍의 형식으로 현존하게 되며, 부재의 현존이라는 그 역설적 현상으로 인해서 서정의 분출이 이루어지게 되는 것이다. 그러니까 최은지 시인의 시조 미학은 부재와 결핍이라는 시적 공간에 토대를 두고서, 거기에서 파동하는 정동의 흐름을 받아 적는 형식을 취하고 있다고 하겠다. 그 부재와 결핍의 현상은 다양한 영역에 걸쳐 있지만, 우선 시인을 둘러싸고 있는 사물들의 세계로 눈을 돌려보자.

숭숭 뚫린 구멍 속에 찬 바람 들이친다

고장 난 알림판은 다발로 알려온다

무엇에 쏟아붓느라 뼛속 진기 다 말랐나

통깁스 몇 년 사이 여기저기 감고 풀고

외양은 말짱한데 속은 폭삭 내려앉아

비바람 들이치는 곳 홀로 서서 삭고 있다
  - 「오래된 집」 전문

굳이 가스통 바슐라르의 공간에 대한 탐색을 들추어보

지 않더라도 '집'이란 인간의 삶에서 토대로서의 역할을 담당하는 곳이기도 하며, 어린 시절의 다양한 정서적 틀이 형성되는 근원적인 공간이기도 하다. 사정이 그러하니 오랜 시간을 버티다 허물어져 가는 집을 바라보는 사람에게 그것은 유정한 것이 아닐 수 없다. "숭숭 뚫린 구멍"이라든가 "고장 난 알림판" 등의 표현들은 이 집이 이제 거주 공간으로서의 역할을 담당할 수 없을 만큼 노쇠해졌다는 것을 알려준다. "뼛속 진기 다 말랐나"라든가 "통깁스 몇 년 사이 여기저기 감고 풀고" 등의 표현을 보면, 시간의 파괴적인 힘에 의해 마모되고 고갈되며 훼손되는 집의 모습을 상상할 수 있는데, 주목되는 점은 시인이 파괴되는 집을 마치 인격적 존재로 간주하고 있다는 점이다. "뼛속 진기"라는 은유적 표현이나 "통깁스" 등의 기표들이 시인에게 집은 단순한 공간이나 사물이 아니라 의인화된 존재로서 어떤 공감의 대상이라는 것을 알려준다. 그래서 "비바람 들이치는 곳 홀로 서서 삭고 있다"는 표현을 보면, 외부에서 밀려오는 곤경과 고난을 온몸으로 감당하고 있는 어떤 인격적 존재를 연상하게 된다. 이처럼 최은지 시인에게 퇴락하는 존재와 몰락하는 사물은 자신의 고고한 인품을 자랑하며 고독의 공간을 차지하고 있다.

늑늑한 장맛비에 장딴지도 천근만근

힘없이 움직이는 그 모습 날 닮았네

벼룻길 묵묵히 걸어온 발자국이 떨린다

아슴아슴 돌아보고 용써서 달리더니

밤사이 숨을 거둔 네 날개가 아리다

따뜻한 입맞춤이라도 해줄걸, 고맙다
　　　－「선풍기」 전문

　모든 생겨난 것들은 망가지고 부서지기 마련이며, 해체
되기 마련이다. '선풍기' 역시 예외가 될 수 없을 터인데,
시인은 그처럼 낡아서 망가지려는 선풍기를 보고 동병상
련의 연민의 정을 느낀다. "장딴지"라든가 "벼룻길 묵묵
히 걸어온 발자국" 등의 표현들이 선풍기가 단순히 더위
를 식히기 위한 수단이나 도구에 머물지 않음을 알려준
다. 특히 "아슴아슴 돌아보고 용써서 달리더니"라는 표현
을 보면, 전이통을 앓듯이 시인은 선풍기가 겪어온 힘들

고 험난한 과거의 시간들에 대해서 공감과 연민의 감정으로 대하고 있음을 알 수 있다. 시인이 이처럼 낡은 선풍기를 보면서 유정한 정회를 품을 수 있는 것은 시인이 지닌 정동의 방향성 때문일 것이다. 시인은 시간의 파괴적인 작용에 의해서 파괴되는 것들을 보면 형언할 수 없는 유정한 정동에 사로잡혀 그것을 인격화하고, 그것이 겪었을 고통과 상실의 정동을 자기화하면서 전이통에 사로잡히는 것이다. "밤사이 숨을 거둔 네 날개가 아리다"라고 표현하거나 "따뜻한 입맞춤이라도 해줄걸, 고맙다"라고 표현하는 것을 보면, 선풍기는 단순한 기계나 도구가 아니라 자신과 함께 삶을 공유했던 반려자와 같은 위상을 지니고 있음을 짐작할 수 있다. 반려자와 같은 존재의 소멸과 파괴이기에 그것의 부재와 결핍은 시인에게 커다란 하나의 사건이 아닐 수가 없는 것이다. '휴대폰' 또한 시인에게 '낡은 집', '선풍기' 등의 사물과 같은 정서적 효과를 발휘한다.

간당간당 이어지는 들숨 날숨 쉰 소리에

가슴 쿵 내려앉아 숨죽인 푸른 별들

왜에엥 구급차 소리 귓속에서 구른다

깜빡깜빡 인지장애 니나 내나 어찌할꼬

그리운 이 통화 중에 툭 끊긴 너의 소리

연먹빛 하늘의 운은 뱅글뱅글 돌고 있다
　－「낡은 휴대폰」전문

　"낡은 휴대폰"을 묘사하면서 "간당간당 이어지는 들숨 날숨"이라는 표현 자체가 그것을 하나의 애처로운 생명체로 간주하고 있음을 알 수 있게 한다. 물론 과장이 조금 섞인 것일 수 있지만, 기능을 상실해 가고 있는 휴대폰을 보면서 위급한 환자를 이송하는 "왜에엥 구급차 소리"를 듣는 것도 그렇지만, "가슴 쿵 내려앉아 숨죽인 푸른 별들"이라는 표현을 보면 한 사람의 사망자가 생기면 유럽 땅의 한 조각이 떨어져 나갔다고 생각하여 조종을 울렸던 광경을 연상할 수 있다. 시인은 휴대폰의 최후에 대해서 자신의 애도만으로 부족하다고 생각하여 "숨죽인 푸른 별들"까지 동원하고 있는 것이다. 물론 시인이 휴대폰의 종말에 대해서 이처럼 처연한 상념에 사로잡히는 것은

"깜빡깜빡 인지장애 니나 내나 어찌할꼬"라는 표현에서 알 수 있듯이, 쇠락한 자신의 인지기능과 한계에 대한 자각을 통해서 동병상련의 공감대를 형성했기 때문이다. 물론 시인은 시조의 마지막 장에서 "연먹빛 하늘의 운은 뱅글뱅글 돌고 있다"라고 하면서 시간의 운행과 그에 따른 섭리와 이치 등의 관념으로 사유를 전개하고 있지만, 이 시조의 시적 공간에 두드러진 점은 한 존재자의 소멸에 대한 애도와 공감의 정동이라고 할 수 있다. 시인에게 지금까지 존재했던 존재자의 소멸과 종결, 그리고 그로 인한 부재와 결핍의 세계Umwelt는 동정과 연민의 정동이 파동 치게 하는 울림의 내면세계와 연결되어 있는 셈이다.

2. 아름다운 과거의 흔적들이 발산하는 파동

시인의 주변에 있는 낡은 집이라든가 선풍기, 그리고 휴대폰 등의 사물들에 대한 시인의 정동의 파동을 살펴보았는데, 그들이 시인에게 그러한 울림을 줄 수 있는 것은 그것들이 시인과 함께 살아가기 때문이다. 그것들은 시인의 삶의 영향 아래 있는 사물들로서 시인의 정서적 자장 안에서도 정동의 파동 원천으로 작동하고 있는 셈이다.

사물들이 시인에게 이처럼 정서적 파동을 야기하는 것을 보면, 그의 삶의 자장 안에 좀 더 밀착되어 있는 사건들과 요소들이 어떻게 작동하리라는 것은 쉽게 짐작할 수 있다. 더욱이 그것들이 시간의 파괴 작용 앞에 노출되어 있다면 더욱 그러할 것이다.

눈부신 햇살 아래 빨래 말린 바람 소리

구름인가 하여 보니 손짓하는 비행기다

온 동네 휘감아 도는 아카시아 꽃향기

삼신당 느티나무 소원지가 무겁다

폐교된 학교터에 아이 소리 들리는 듯

담 너머 들여다보는 접시꽃이 웃는다
　－「도야리」전문

'도야리'는 경남 창녕군 창녕읍에 있는 한 시골 마을인데, 시인의 약력을 살펴보면 아마도 이 마을 학교에서 근

무한 적이 있는 듯하다. 맑은 햇살이 하루 종일 비추고, 빨래를 말리는 시원한 바람이 있으며, 한적한 하늘에 비행운을 남기고 비행기가 날아가는데, 녹음이 우거진 마을에는 아카시아 향이 진동한다. 무엇 하나 부족할 것 없이 풍족하고 여유 있는 마을의 정경인데, "삼신당 느티나무 소원지가 무겁"게 매달려 있는 풍경을 보면 이 마을은 인간의 욕망과 신적 존재가 함께 거주하면서 살아가는 유서 깊은 그윽한 마을이기도 하다. 이처럼 아름다운 마을이 시인에게 적적하고 고독한 정서를 야기하는 것은 그곳에 결여되어 있는 미래 때문이다. "폐교된 학교터에 아이 소리 들리는 듯"이라는 표현을 보면, 이제 이 마을에는 더 이상 학생들이 존재하지 않는다는 것, 그래서 마을은 미래를 향해서 닫혀 있다는 것을 알 수 있다. 한시적 시간 동안만 그 존재성을 부여받았다는 것이다. 미래가 없기에 여유 있고 한가로운 마을에 고적한 정동이 파동 치고 있다. 더구나 자라나는 아이들의 미래의 꿈과 희망을 생각해 보면, 폐교의 현실에 직면한 '도야리'의 정취는 고적한 그것이 아닐 수 없다. 시인은 「마른 냇물」이라는 시에서는 좀 더 직설적으로 폐교의 현실이 생산성과 생명성의 고갈로 이어지고 있음을 고발하고 있는데, "이 골 저 골 물소리에/ 낭랑한 종소리도/ 아이 소리 다 마르니/ 냇물도 말라

버려/ 폐교된 운동장 안에/ 보름달만 덩그렇다"라는 전
문에서 우리는 '냇물의 고갈'을 통해 불모의 현실을 직감
할 수 있다. 폐교와 관련된 시조 한 편을 더 읽어보자.

개구리 문방구가 쭈그려 작아졌다

비좁은 운동장에 자동차만 으스대고

달고나 침 바르던 곳 괭이밥이 살고 있네

삼시 세끼 두레 밥상 지겹던 잔소리도

그리움이 될 줄이야 그 끝 날이 올 줄이야

빈 골목 나를 기억하네 눈물바람 안기네
　–「개구리 문방구」전문

"개구리 문방구"라는 표현 자체가 작고 비좁지만 미래
를 향해 비상할 꿈과 희망이 가득한 공간을 연상하게 한
다. "비좁은 운동장" 또한 아담하고 소박하지만 큰 꿈과
낭만을 간직한 초등학교의 정경을 떠올리도록 한다. "달

고나 침 바르던 곳"이라는 표현은 맛의 기억을 통해서 독자들을 추억의 달콤한 현장으로 인도한다. 이처럼 아득하고 정겨운 풍경이기에 그것의 쇠락과 소멸은 커다란 상실의 파동으로 다가올 것이다. "삼시 세끼 두레 밥상 지겹던 잔소리"라는 표현은 평범한 과거의 일상이 얼마나 아름다운 것이었는지를 상기하는데, "그 끝 날이 올 줄이야"라는 표현에는 그러한 일상의 종결이 가져온 상실과 공허의 좌절감이 함축되어 있다. 특히 "빈 골목 나를 기억하네 눈물바람 안기네"라는 구절을 보면, 내가 그 골목을 기억하는 것이 아니라 골목이 나를 기억하는 것으로 표현되어 있는데, 이러한 표현은 골목과 내가 한 치의 틈도 없이 결합되어 있던 과거를 환기함으로써 그 분리와 박탈의 상실감을 더욱 강화한다. 이러한 정동의 생성이 폐교와 문방구의 폐문과 관련되어 있다는 점에서 시인의 소중했던 과거 흔적의 소멸은 무한한 정동의 원천이 되고 있는 셈이다. 시인은 시인의 직업과 관련된 의미 있는 장소의 소멸과 상실에 주목하면서 시적 정동을 생성해 내고 있는데, 이웃의 삶의 현장에 대한 관심이 없을 수 없다.

매물 될 공장터에 울부짖는 현수막
젊음을 잃어버려 숨죽이는 공단 길

태풍에 떨어진 꽃잎 골목마다 서성인다

오른 시급 비웃듯 삶은 더욱 팍팍하고
낙동강은 모르는 척 너울너울 춤만 춘다
흩어진 가족들 얼굴 까똑까똑 울고 있다
　　　－「공단 길」전문

　삶의 토대가 되는 직장의 소멸이 가져올 공허와 상실
감이 그려지고 있다. 이러한 대목을 보면 시인의 관심사
와 그 방향성을 쉽사리 추적할 수 있는데, 언급한 대로 소
멸과 몰락이 가져오는 결핍의 흔적들이 야기하는 정동이
그것이다. "매물 될 공장터에 울부짖는 현수막"이라는 표
현 속에 삶의 뿌리를 상실한 사람들의 좌절과 절규가 아
로새겨져 있다. "태풍에 떨어진 꽃잎 골목마다 서성인다"
는 표현은 그러한 삶의 터전의 상실이 얼마나 서민들에게
위협적인 사건인지, 그것의 파괴력이 얼마나 폭발적인지
를 암시하고 있다. 시조의 마지막 장에 서술된 "흩어진 가
족들 얼굴"이라는 표현은 삶의 토대의 상실이 가족의 해
체로 이어진다는 점을 암시하고 있는데, 삶의 터전의 소
멸이 초래할 상실감과 좌절감이 가족의 해체와 결합됨으
로써 그 심각성이 더욱 부조되는 효과를 발휘하고 있다.

독자들은 흩어진 가족들의 안부를 묻고 생존을 확인하는 "까똑까똑" 소리에 깊은 고통과 공감의 정동에 사로잡히지 않을 수 없다.

찢으며 지워가며 흔적을 뒤적인다

해 질 녘 돌아보는 숨 가빴던 푸르던 날

우체통 길모퉁이에서 돌아오는 바람 소리

온 마음 쏟아부어 주고받던 심장 박동

천 리 길 날아오던 그 소식도 밍밍하다

요란한 카톡 소리에 울며 떠난 꽃편지
　－「꽃편지 떠나다」 전문

'꽃편지'라는 기표 속에는 느림의 소통 방식과 그 과정에서 파생되는 다양한 마음의 정서적 활동이 함축되어 있다. 밤새워 마음과 소식을 전하는 편지를 쓰고, 그것을 곱게 밀봉해서 우체국에 가는 동안 느끼는 설렘의 감정, 그리고 편지를 부치고 답장이 올 때까지 어떤 내용이 담겨 있을지 궁금해하며 기다리던 노심초사의 감정 등 다양한 정서가 파동 친다. 이 시조 작품에서는 "온 마음 쏟아부어 주고받던 심장 박동"이라는 표현 속에 그러한 다양한 감정의 파동이 내포되어 있다. 정성과 열정을 다하던 마음의 응축과 정서의 고조와 희열 등의 다양한 정서적 무늬가 아로새겨져 있는 것이다. 호기심과 기다림, 그리고 그리움과 간절함 등의 정서적 파동이 응축되어 있던 '꽃편지'는 정보화의 흐름 속에서 소멸하고 말았다. "요란한 카톡 소리에 울며 떠난 꽃편지"라는 표현이 저간의 사정을 응축해서 보여주고 있다. 잠시도 기다릴 수 없고, 어떠한 신비와 설렘도 허락하지 않는 소통 방식이 자리를 잡으면서 우리는 '꽃편지'라는 마음의 파동을 잃어버린 것이다. 시인은 카톡 너머로 사라진 '꽃편지'가 발산하던 아련하고 아득한 아우라를 그리워하며, 그 소멸과 상실이 초래한 정서적 파동을 주목하고 있다.

3. 가족, 영원한 위로와 위안의 원천

지금까지 시인이 향하는 시선을 쫓아서 부식하고 파괴

되는 사물들, 그리고 소중한 것들의 상실과 소멸이 야기하는 정서적 파동의 무늬를 살펴보았다. 시인은 아픈 어린아이에게서 눈을 떼지 못하는 어머니의 마음처럼 부서지고 소멸하는 다양한 사물과 사건들에 대해서 안타까워하면서 그것의 잔상과 흔적이 발산하는 정서적 효과를 음미하고 있었다. 「공단 길」에서는 삶의 터전의 몰락이 가족의 해체와 연결되는 시적 상상력을 보여주고 있었는데, 가족은 시인에게 매우 소중한 관계망 가운데 하나라는 점에서 그것의 해체와 소멸은 당연히 시인의 관심사가 될수밖에 없으며, 다양한 정서적 파동을 야기하는 원천으로 작용할 수밖에 없다. 먼저 어머니에 대한 정감부터 살펴보자.

낮에 뜬 하얀 반달 푸른 바다 섬이 되다
파도가 쳐낸 상처 바람마저 휘몰고
가슴에 붉게 멍든 기억 동백꽃 눈물이네

뱃고동 소리에도 잠 못 이룬 어릴 적
가슴 뛴 육지 소식 맨발로 맞았는데
머릿속 자라는 지우개 닳지도 않는다

바다만 바라보던 웃음마저 지우고
단절된 섬마을에 파도만 가득하다
귀먹은 우리 엄마는 외딴섬이 되어 있고
　－「파도」 전문

"외딴섬"이라는 기표는 어머니와 관련된 모든 정보를
응축하고 있다. 어머니는 "푸른 바다"에 떠 있는 "하얀 반
달"과 같은 하나의 "섬"이었다는 것, 그래서 "파도가 쳐낸
상처"를 간직할 수밖에 없었다는 것, 다시금 어머니는 "단
절된 섬마을"에 갇히고 귀가 먹어 "외딴섬"이 되었다는 것
이 시적 전언의 핵심이다. 그러니까 섬에서 태어나서 육
지를 그리워하는 동경과 그리움의 담지체로서의 삶을 살
아왔다는 것, 그리고 다시금 단절된 섬마을에 갇히고, 모
든 소식으로부터 단절된 이중의 감금 상태로 빠져든 외딴
섬이 되었다는 것이다. 이러한 과정으로서의 어머니의 삶
은 고립과 고독의 그것일 수밖에 없을 것이다. 평생을 외
딴섬으로 살아온 삶에 대한 애도와 위로의 마음이 들끓
고 있는데, 그것이 다른 타자가 아니라 어머니의 삶이라
는 것을 생각하면 더욱 아득해질 수밖에 없다. 시인은 「풀
꽃 같은 여인」이라는 시에서는 "왁자하던 식구들은 콩알
처럼 흩어지고/ 내 동무 불러대는 홀로 남은 울 엄마"라고

하면서 역시 외톨이로 남은 어머니의 고독한 처지를 애처롭게 토로하고 있다. 그러면서 시인은 "혼자서 아려하는 오지랖 떠는 여인아/ 여리디 여리다 못해 제풀에 꺾여 눕네"라고 하면서 다정하고 다감한 어머니의 품성을 노래하고 있다. 이처럼 다정다감한 어머니의 심성이기에 외딴 섬으로 남아서 혼자만의 삶을 이끌어가야 하는 어머니의 처지를 생각하는 일은 시인에게 무한한 정감이 분출하는 일이 아닐 수 없다. 한 편을 더 읽어본다.

언제나 맴을 도는 꿈에 가는 그 동네
논두렁에 설쳐대던 미꾸라지 이민 갔나
먹 감던 물웅덩이도 흔적 없이 사라졌다

덜 익은 포도알이 꿈 익히던 우물가
원두막 참외꽃은 단맛으로 멋을 낸다
왁자한 아이들 소리 사랑방이 붕 뜨네

어스름 호롱불이 심지까지 타오른다
홀치기 한 땀 한 땀 학자금이 쌓이는데
굽어진 어머니 등은 구멍 숭숭 푸석하다
　　－「홀치기」 전문

이 시조 작품 역시 어머니의 쇠락과 고독을 노래하고 있는데, 넘쳐나는 풍요로운 이미지와 상실의 이미지가 오버랩되면서 더욱 강렬한 정서적 효과를 발휘하고 있다. 먼저 "덜 익은 포도알이 꿈 익히던 우물가"라든가 "원두막 참외꽃", 그리고 "왁자한 아이들 소리" 등의 다양한 이미지들이 어우러져 충만과 풍요의 삶의 터전을 환기한다. 특히 "사랑방이 붕 뜨네"라는 표현은 공동체적 삶의 풍성함이 상승과 충만의 이미지와 결합되면서 그 효과를 극대화하고 있다. 그러나 이러한 이미지는 모두 과거의 이미지로서 지금은 "논두렁에 설쳐대던 미꾸라지"가 "이민"을 간 현실이 지배하고 있으며, "멱 감던 물웅덩이도 흔적 없이 사라져" 버린 불모의 상황이 도래해 있다. 여기서 "멱 감던 물웅덩이"의 고갈 이미지는 앞서 언급한 '마른 냇물'(「마른 냇물」)의 이미지처럼 생산력과 생명력이 고갈된 현실을 환기한다. 그런데 이러한 불모의 이미지는 "홀치기 한 땀 한 땀 학자금이 쌓이는데"라는 표현에서 연상할 수 있는 자식들의 생산성과 대비를 이루면서 그 효과가 극대화된다. 즉 자식들은 어머니가 마련한 "학자금"으로 잠재성과 가능성을 충만하게 실현하고 있는데, "굽어진 어머니"는 그 등에 구멍이 숭숭 뚫리고 푸석푸석한 모습으로 몰락을 향해 가고 있는 셈이다. 이러한 대목에서 독자들은 새끼들을 기르기 위해 자신의 몸을 보시의 대상으로 내놓는 '염낭거미'의 이미지를 연상할 수 있을 것이다. 쇠락과 몰락의 어머니가 희생과 헌신의 이미지로 점철되어 있다면 아버지는 어떨까?

> 큰 소쿠리 덮어쓰고 아는 이 볼까 숨어
> 잘 여문 참박으로 승부를 걸어본다
> 그을린 주름 사이에 퇴적되는 긴 한숨
>
> 자식들 배불리려 서리 맞은 새벽잠
> 단속반 호루라기 놀란 가슴 펄떡이다
> 야윈 몸 바스러져 가도 한 끼 입이 무섭다
>
> 제비가 옹기종기 지지배배 우는 아침
> '우애 있게 지내거라' 겨우 남긴 한 말씀
> 소임을 다하느라고 한 생애가 끝난다
> ─「제비 둥지」전문

"소임을 다하느라고 한 생애가 끝난다"라는 시조의 마지막 장의 구절을 보면, 행위의 주체가 아버지임을 추측

110

할 수 있다. 특히 "'우애 있게 지내거라' 겨우 남긴 한 말씀"을 보면 자식들의 관계를 걱정하는 마음이 느껴지는데, 마음의 유산과 같은 것을 물려주고 있다는 점에서 아버지는 어떤 정신적 표상과 같은 역할을 하고 있음을 알 수 있다. 그러한 아버지의 삶은 어떠한가? "큰 소쿠리 덮어쓰고 아는 이 볼까 숨어"라든가 "단속반 호루라기 놀란 가슴 펄떡이다"와 같은 표현을 보면, 노심초사 마음을 놓을 수 없는 긴장과 불안의 나날이었음을 알 수 있다. 특히 "그을린 주름 사이에 퇴적되는 긴 한숨"이라는 구절을 보면 걱정과 근심이 아버지의 생을 지배하고 있었음을 알 수 있다. 그러한 아버지의 한숨과 대비되는 이미지로서 "제비가 옹기종기 지지배배 우는 아침"이라는 쾌활하고 명랑한 이미지를 상정할 수 있는데, 이러한 자식들의 생동감 있는 삶이 아버지의 그늘과 한숨을 배경으로 하고 있다는 것을 생각해 보면, 아버지의 한평생이 아득하고 그윽해지지 않을 수 없다. 그러한 아버지는 형제들의 우애와 화목을 당부하면서 "소임을 다하"고서 "한 생애"를 끝냈는데, 이러한 아버지의 서사를 생각해 보면 아버지의 부재와 결핍은 어머니의 그것처럼 고적하고 쓸쓸하지 않을 수 없다.

4. 실존의 운명, 혹은 소멸을 위한 노래

지금까지 쇠락과 소멸, 부재와 결핍의 다양한 정서적 파동의 양상을 살펴보았는데, 마지막으로 시인 자신의 소멸과 부재에 대한 예감과 정동을 살펴보도록 한다. 실존적 주체로서 시인은 자신의 쇠락과 몰락을 직감하고 있으며, 그러하기에 미리 당겨서 그 종결의 의미와 정서를 성찰할 수 있다. 그리고 그러한 종결과 부재가 초래할 결과를 예상해 보면서 현재의 삶에 대한 의미와 가치에 대해서 정밀한 사색과 심사숙고의 과정을 거칠 수 있으며, 그러한 과정이 곧 시작의 과정일 수 있다. 시인은 「막은 내리고」라는 시에서 "가속도가 붙어서/ 오늘이 내려앉네/ 주연인가 싶었는데/ 어느새 조연이다/ 커튼콜 기다리는데/ 엷어지는 박수 소리"라고 하면서 하루하루의 시간이 화살처럼 지나가는 실존적 현실을 체감하고 있으며, 인생의 무대에서 곧 퇴장해야 할 것임을 수시로 자각한다. 따라서 자신의 실존적 한계와 그 의미를 천착하지 않을 수 없을 것이다. 다음 작품이 이를 잘 보여준다.

장미 꽃잎 나풀거려 담장을 물들일 때
위층 아이 뛰는 소리 까무룩 꿈을 깨네

속 거울 닦고 닦으면 겉 거울도 빛나리

너울 파도 넘어오다 눈도 가고 소리도 잃어
서서히 죽어가는 세포의 조각들이
시간을 정산하려고 응급실을 찾는다

왜에엥 긴박함에 발 동동 구르다가
귀 열고 눈 높이 떠 하늘 속에 잠겨보면
한낮의 '찰나' 소리가 이승을 달려온다
　　－「시간을 정산하다」 전문

　표제시에 해당하는 이 시조 작품은 실존적 존재로서
의 한계에 대한 자각과 이승의 삶에 대한 성찰을 보여준
다. 시인이 보기에 이승의 삶이란 "장미 꽃잎"처럼 아름
답고 찬란한 과정일 수 있지만, 그것은 한순간의 꿈과 같
은 것이며 "한낮의 '찰나' 소리"처럼 눈 깜박할 사이의 순
간이기도 하다. 그리고 이승의 삶이란 "눈도 가고 소리도
잃어"에서 알 수 있듯이 상실과 몰락의 과정이기도 하고,
"서서히 죽어가는 세포의 조각들"이 표상하는 대로 쇠락
과 소멸의 과정이기도 한데, 그러한 과정들이 짧은 순간
인 찰나에 불과한 것이다. 상실과 소멸의 속성이 이승의

본질이라면 시인은 어떻게 그것에 임해야 하는가? 시인은 "속 거울 닦고 닦으면 겉 거울도 빛나리"라고 하면서 잠언과 같은 형식으로 한마디 툭 던져놓고 있는데, 이러한 잠언이 구체성을 지니기는 어렵다. 시란 구체적 이미지로 구현되지 않으면 추상에 머물고 마는데, 이러한 잠언은 그러한 추상적 관념에 그칠 뿐이다. 다음 작품이 소멸과 상실에 대응하는 구체적인 자세를 보여준다.

된바람 마주하다 지난한 밤을 샌 무

지쳐 누운 등허리도 퍼석한 껍데기뿐

썰어서 오가리 널면 밑반찬 기대할까

불 꺼진 등을 갈고 물 새는 변기를 고친다

골밀도 낮은 뼛속 빠져나간 사랑 채워

바람아 다시 불어라 나풀나풀 치마 입고
 ―「바람 든 여자」 전문

"된바람 마주하다 지난한 밤을 샌 무"는 시간의 파괴적인 힘 앞에 속절없이 노출된 실존적 자아의 대리 표상이라 할 수 있다. 그것은 "지쳐 누운 등허리도 퍼석한 껍데기뿐"인 상태로 알맹이가 모두 빠져나가고 거죽만 남은 몰골을 하고 있는데, 이러한 모습은 "골밀도 낮은 뼛속"뿐인 시적 화자와 유사한 처지에 있다. 그러니까 '바람 든 여자'라는 제목처럼 시적 화자는 물기가 빠져 푸석푸석해진 '바람 든 무'와 같이 내적인 생명력이 고갈된 모습을 띠고 있는 셈이다. 이러한 모습은 "굽어진 어머니 등은 구멍 숭숭 푸석하다"(「홀치기」)라는 표현을 연상하게 하는데, 어느 경우든 이승에서의 "찰나"의 시간이 얼마 남지 않았다는 것을 암시해 주고 있다. 이러한 상황에 대처하는 시적 화자의 태도는 어떤가? "불 꺼진 등을 갈고 물 새는 변기를 고친다"라든가 "골밀도 낮은 뼛속 빠져나간 사랑 채워/ 바람아 다시 불어라 나풀나풀 치마 입고"라는 표현들을 보면 언제나 새로운 삶을 위한 준비로 찰나의 이승에 임하고 있음을 알 수 있다. 특히 "바람아 다시 불어라 나풀나풀 치마 입고"라는 표현을 보면, '바람 든 무'처럼 생명력이 고갈되고 있는 내적 생명력 속에 새로운 활기와 기운이 생성되기를 바라는 간절한 염원을 확인할 수 있다. 그러니까 이승의 남은 시간을 건강한 생명력으로 채워나

가길 염원하고 있는 셈인데, 「헛빵」이라는 시에서는 "기약 없는 기다림은 허방 짚고 사는 거다/ 빗소리 끌어당겨 난蘭꽃이 피고 있다/ 공갈빵 헛빵이라도 단맛 하나 줍는다"라고 하면서 인위적인 노력이 무위에 그칠지라도 최선을 다해서 삶에 임할 것을 다짐하고 있다. 그러나 실존적 자아는 언젠가 그러한 노력도 끝이 있다는 것을 알고, 그 끝을 미리 상정해 보면서 그것에 임할 자세를 생각하지 않을 수 없다. 다음 작품이 그런 모습을 보여준다.

기다리는 사람도 오라는 사람도

안갯속 배롱꽃 길 불러봐도 없는데

가다가 멈추는 곳에 그리운 이 있을까

사막 속 너덜거린 치맛자락 당겨 매고

해거름 몰려오면 엄마 밥 그리운데

저승길 가까워오니 다져보는 발자국
　－「발자국을 다지며」전문

이 시조의 첫 수는 이승에서의 삭막한 삶의 양태를 묘사하고 있다. "기다리는 사람도" 없고, "오라는 사람도" 없는 이승은 오롯이 혼자서 자신의 실존적 삶을 감당해야 하는 곳이다. 그나마 "안갯속 배롱꽃 길"이 몽롱한 가운데 아름다운 차안의 삶의 이미지로서 삭막한 현실에 위안을 전해줄 뿐이다. 둘째 수 역시 삭막한 사막과 같은 차안의 삶과 피안의 전망에 대한 상념을 전개하고 있다. "사막 속 너덜거린 치맛자락"이라는 이미지는 이승에서의 삶의 고난과 곤경을 암시해 주고 있으며, "해거름 몰려오면 엄마 밥 그리운데"라는 표현은 이승에서의 삶의 지평이 아득하게 스러져가는 소실점을 연상시키면서 가장 포근한 존재의 품으로 귀의하고 싶은 간절함을 담아내고 있다. 가장 중요한 시의 눈은 바로 마지막 장인데, "저승길 가까워 오니 다져보는 발자국"이라는 표현 속에 시적 메시지가 응축되어 있다. "다져보는 발자국"이라는 표현이 문제적인데, '발자국'이라는 것이 걸어온 길에 남긴 자국이며 삶의 여정이 남긴 흔적이라는 것을 생각해 보면, 그것을 다져보는 마음이란 삶의 완성을 향한 노력이라고 할 수 있다. 그러니까 이승의 삶이란 우연이나 운명의 그것이 아니라 주체의 결단과 의지에 의해서 형성되는 어떤 형상과 꼴이라는 것을 다짐하고 있는 대목인 것이다. 저승길을 보면서 이승의 발자국을 다져보는 자세는 곧 차안의 삶을 잘 마무리하고 긴 여정을 완성하겠다는 다짐과 다르지 않다. 소멸과 상실이 끝이 아니라 완성일 수 있음을 암시하고 있는 대목이기도 하다. 이러한 삶의 자세와 정동을 지니고 있기에 소멸과 상실을 다음과 같이 아름다운 마음으로 받아들일 수 있을 것이다.

서랍 속 깊이 잠든 편지 뭉치 꺼내 든다

저민 마음 토해내던 일기도 내어준다

절절한 사랑 편지를 커터기가 읽는데

말없이 제 길 가는 단풍잎 고운 날에

유리창 볼 부비는 가을비가 손짓하네

가볍게 떠날 수 있으리 이별 연습 없이도
　－「자리를 털어내다」 전문

이승을 정리하는 마음의 자세 같은 것이 드러나 있다. "서랍 속 깊이 잠든 편지 뭉치"라든가 "저민 마음 토해내던 일기", 그리고 "절절한 사랑 편지" 등은 이승의 삶의 기록이기도 하고, 아름다운 기억이기도 하다는 점에서 시적 화자에게 소중한 대상들이다. 그런데 시적 화자는 그러한 것들을 미련 없이 "커터기"에 넣어 소각하면서도 전혀 아쉽거나 애통한 마음을 보이지 않는다. 물론 이러한 시적 화자의 태도는 앞서 언급했듯이 소멸과 상실이 무화가 아니라 성숙일 수 있으며, 어떤 형상의 완성일 수 있다는 인생관이 자리 잡고 있기에 가능한 것이다. 하지만 이 시에서는 자연의 이치라든가 섭리 등이 강조되고 있는데, "말없이 제 길 가는 단풍잎"이라든가 "유리창 볼 부비는 가을비" 등이 그러한 이미지들이다. "말없이 제 길 가는 단풍잎"은 자연의 이치에 순응하는 자연의 모습을 형상화하고 있으며, "유리창 볼 부비는 가을비"는 모든 생겨난 것들의 숙명인 조락과 낙화의 이치를 구현하고 있다. 시적 화자는 이러한 자연의 이치를 체현했기에 "가볍게 떠날 수 있으리 이별 연습 없이도"라고 하면서 소멸과 상실에 임하는 의연한 자세로써 예사로운 태도를 취할 수 있었던 것이다.

지금까지 최은지 시인의 첫 시조집의 시조 미학을 살

펴보았다. 최은지 시인은 모성의 마음으로 모든 죽어가는 것들, 소멸하는 것들을 향해 애틋한 감정을 지니고 있었고, 그래서 그러한 사물이나 사건들은 시인에게 무한한 정동의 원천으로 작동했다. 시인은 부서지고 사라지는 것들을 보면서 공감을 형성하고 있었으며, 그러한 공감으로 인해서 연민과 동정, 혹은 고적과 상실감 등의 다양한 정동을 발산하고 있었다. 특히 이웃에 대한 연민과 부모님에 대한 애틋함은 그윽하고 아득한 정서를 산출하고 있었다. 이처럼 타자의 소멸과 상실에 대한 다양한 간접 체험과 공감으로 인해서 시인은 자신의 실존적 한계에 대해서 덤덤하게 대면할 수 있었으며, 자신의 예상되는 종말에 대해서도 의연하게 대처할 수 있었다. 자연의 섭리와 이치에 대한 순응의 자세는 그러한 성찰의 결과일 것이다. 최은지 시인의 시조 미학이 더욱 깊어지고 그윽해지기를 기대한다.